言葉家《ことばや》はっち作品集　蒲公英―たんぽぽ―

日本文学館

はじめに

今、この本を手に取って読んでくれているあなたへ。何万冊もある出版物の中で僕の書いた『蒲公英』に巡り会ってくれて本当にありがとうございます。

本を出版するなんて、路上で言葉（詩）を書いて売り始めた頃は夢にも思っていませんでした。今でもこんな中途半端な人間が本を出してもいいのだろうか？　皆様に受け入れて頂けるのだろうか？　と不安や心配で一杯です。

それでも出版を決意できたのも、今まで諦めずに投げ出さずに続けてこれたのも、多くの方々の応援や、支えがあったからです。応援して頂いた皆様、支えて頂いた皆様、本当にありがとうございます。

この本の作品の一つ一つは僕自身が感じた事、経験した事を「はっち」と云うフィルターに通して書いた世界です。

大切な人への想いや臆病者な自分に喝を入れるために書いた言葉をまとめてみました。

ありきたりな言葉かもしれませんが、どれも一つ一つ精一杯の想いを詰め込んだ僕にとって大切な言葉達です。もし、この本の一作品、一節でもあなたの心に届き、ほんの少しでもあなたの心を支える事が出来たなら、ほんの少しでもあなたが新たな一歩を踏み出すお手伝いが出来たとしたら、この作品集を発刊した意味があると思います。

この本に込めたメッセージがより多くの人に届くように一生懸命にやっていきます。

大切な君へ。
想いを込めた
言葉の贈り物を。

言葉家《ことばや》はっち

目次

お前　4
風が吹いたら　6
雨が降って……　8
根っこ　10
如く　12
叶えてぇ　14
種　16
ヒーロー　17
何だって出来る　18
問う　20
心動く時　22
程度　24
証　25
今　26
もっと気軽でいいんじゃないか　28
道があるから　29
心のコップ　30
少し　32
君がいい　33
今とこれから　34
一寸先ハ闇　36
痛み　37
蒲公英　38

— お前 —

今、自殺したりリストカットを
する人が多いよね……。
TVの中だけの事じゃないんだよね。

気付かないだけで自分の身辺で
起きてる事なんだよね。

だから、僕は、僕に出逢ってくれた
全ての人に言う。この場を使って。
『俺達同じ時代で縁あって出逢えた仲間だからお互い命の炎が消えるまで一緒に生きよう。』
『もしお前が自分の炎を自分で消す事がもし、あったとしたらどれだけ悲しくても俺は絶対泣かない。』

『もしお前が最後まで命使い切って死んだ時は、「出逢ってくれてありがとう」って
涙枯れるくらいに泣いてやるから。』って……。

もし、この本を手にしたあなたに
この想い《(クスリ)》が届いたとしたら、
次はあなたの想い《(クスリ)》を一緒に混ぜて
この想い《(クスリ)》を届けてあげてください。
『出逢ってくれてありがとう。』
『大好きだよ。』って精一杯の、
〝愛〟と一緒に……。

If you die, I'll cry for you.
Instead, we will live together as long as our life goes.

お前が
死んだら
泣いてやる。

お前

ただそのかわり
命尽きるまで
共に生きような。

はっち

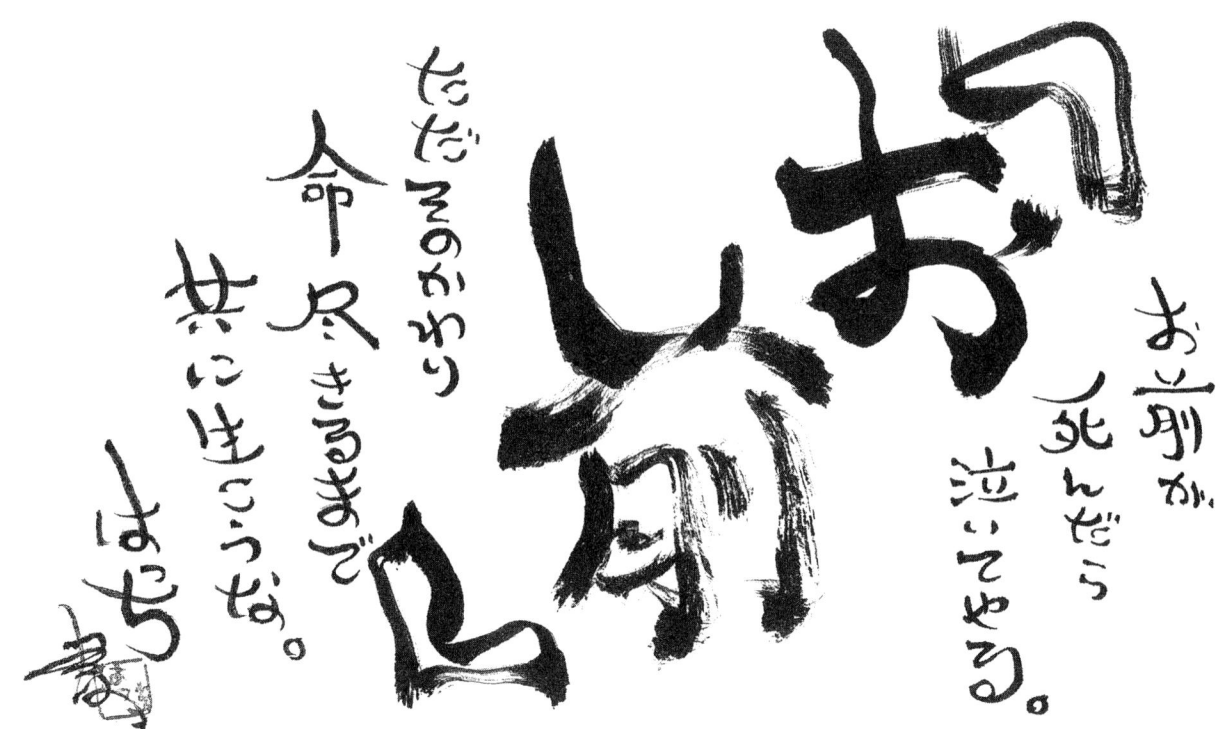

— 風が吹いたら —

自分の中で〝これだ〟とか
〝今だ〟とか言葉には表せない
直感に突き動かされてからしか
動き出せないそんな人間だから。
無理して焦らず
書きたい時に、
やりたい時に、
それまでちょっと休憩な。
風が吹いたら動き出すから。

If the wind blows, then I'll go.
Until then, let me take a little break.

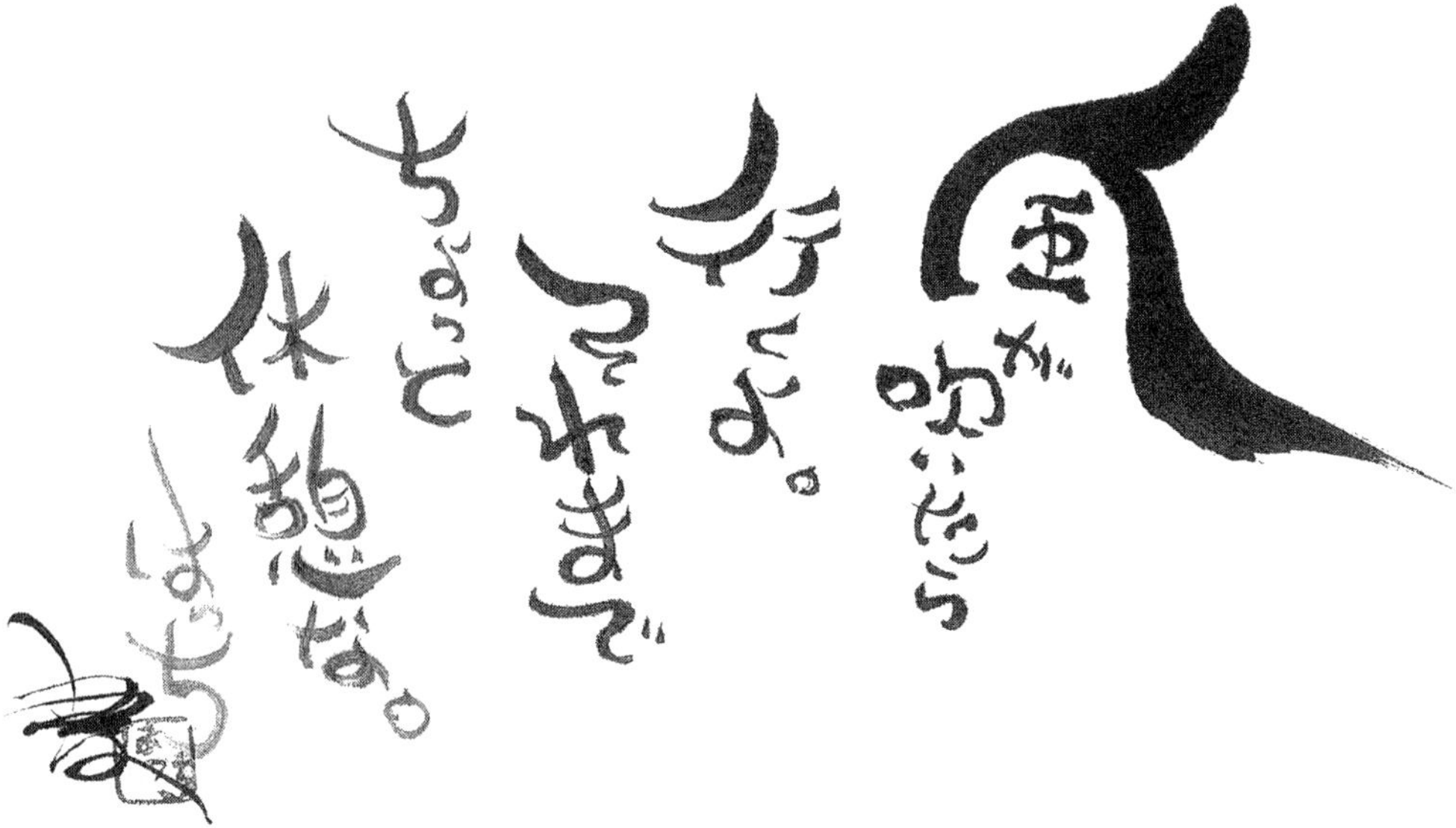
風が吹いたら
行くよ。
それまで
ちょっと
休憩なの。
はっち

—雨が降って……—

花が咲くまでには長い時間が必要です。
それまでには雨の日も、風の日も
雪の日も晴れの日もあります。
そのどれもが大切で
どれか一つが多すぎても
少なすぎても枯れてしまう。

人間も一緒で多くの
喜怒哀楽を感じて、
多くの試練を乗り越えて
自分の花を咲かせるんだと
僕は信じています。

あなただけの
素敵な花を
咲かせてください。

Rain falls, wind blows, sometimes the sky's clear.
Then strong and gentle flowers will be in bloom.

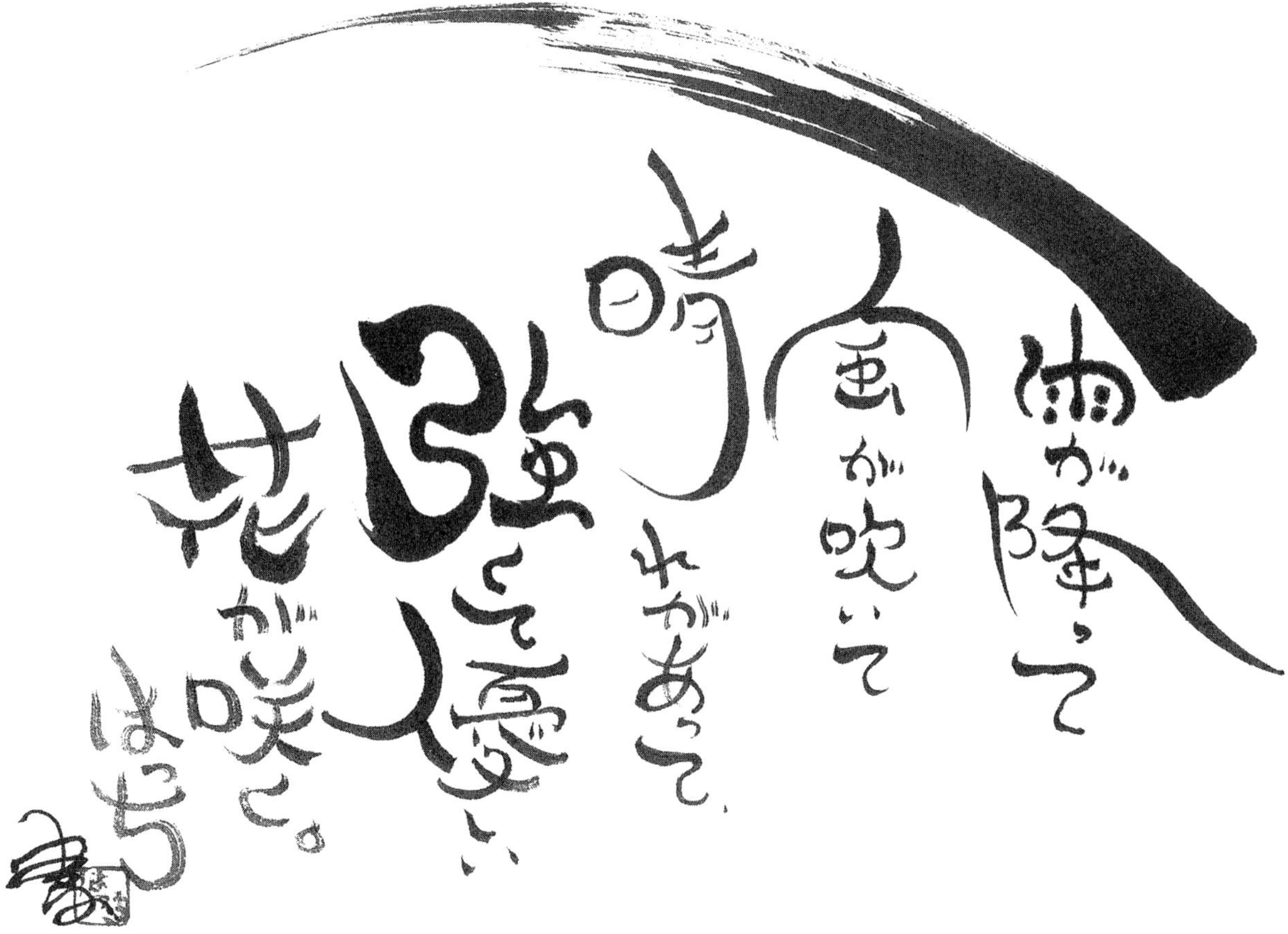
雨が降って
風が吹いて
晴れがあって、
強く優い人
花が咲いて。
はっち

― 根っこ ―

何を始めるにしても基礎って大事だと思います。

僕はギターも書道も
中途半端な付け焼き刃だったから
基本の大事さを痛い程感じてきました。
あなたがもし、何かを始めようとしているなら、
何かに自分の人生を賭けたいと思っているなら、

あなた自身の為に、
基礎、足場を大事にして欲しいと思います。

Stretch out your root. It will become a step to reach tomorrow.
Stretch out your root. First, from here.

根を広げろ
明日へつなぐ
一歩になる。
根を広げろ
まずは
ここから。
はっち

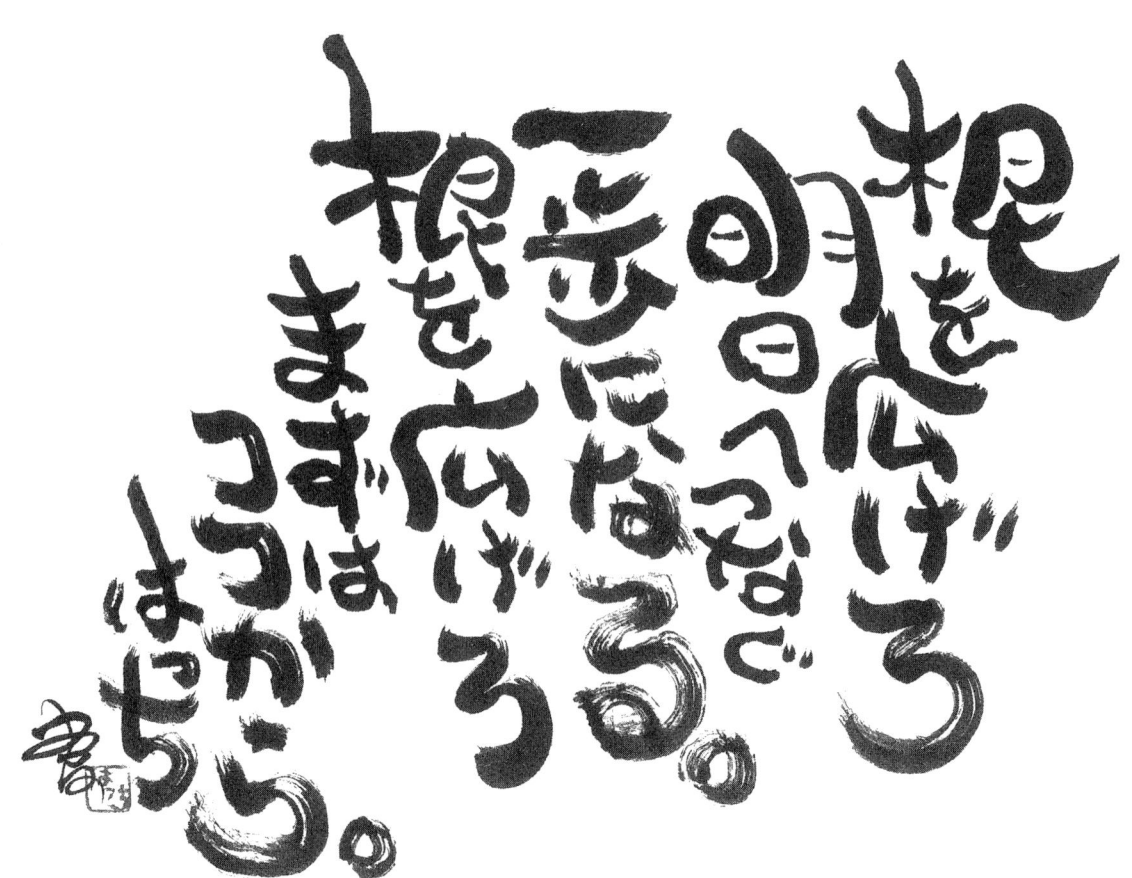

― 如く ―

海のように
大きな心の
人間になりたい。

海も地球も
包み込む

空のような
でっかい心に
俺はなりたい。

Hope, is like the ocean, is like the sky.

希望は、
海の如く。
空の如く。

はっち

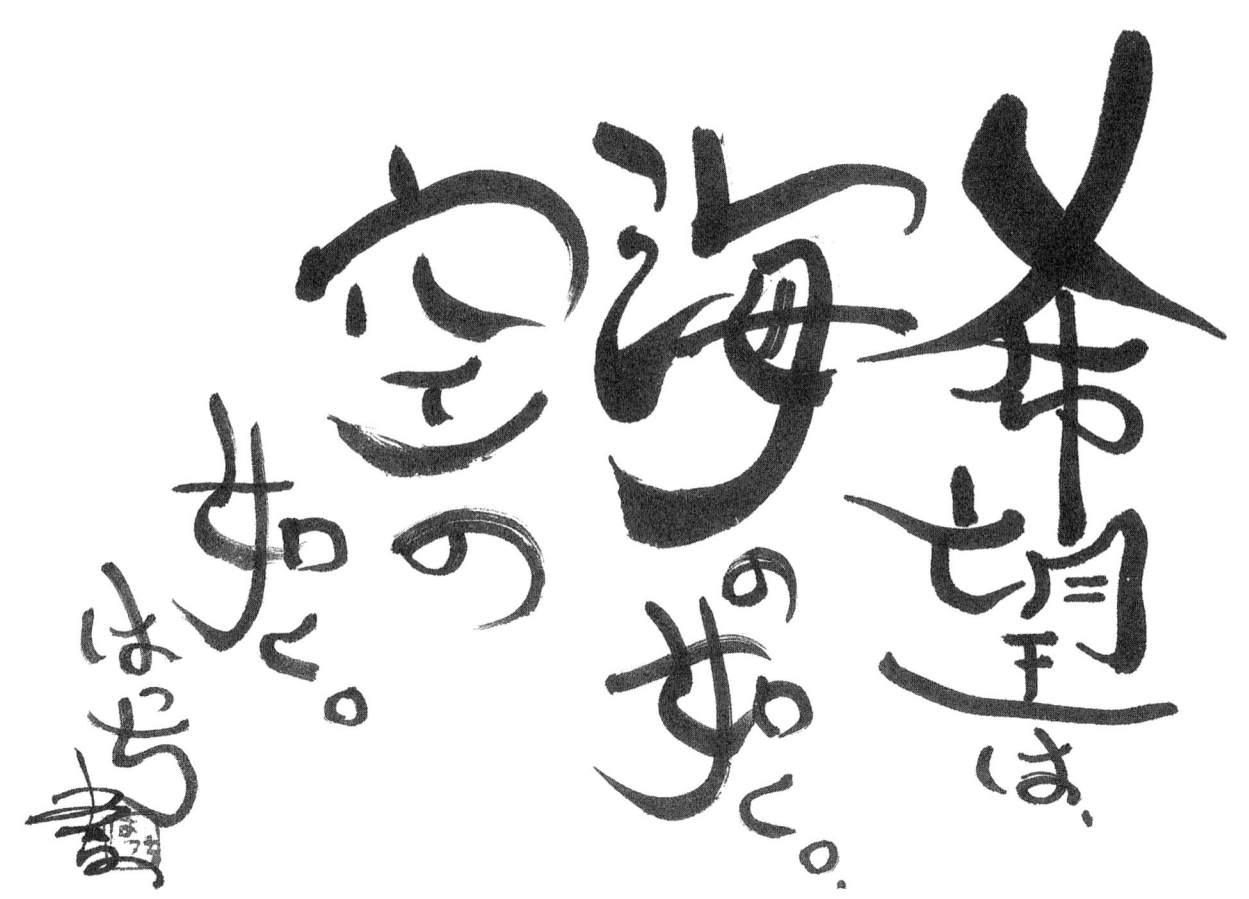

― 叶えてぇ ―

俺には夢も野望も沢山あって、
どれも叶えてみたいと思っている。
まずはこの道。
俺の言葉が誰かの心の
支えになれるように。
みんなの夢が形になるよう。
この本を手にしたあなたの心の
支えになりたい。

I have a dream that I want make it.

叶えてぇ
夢が
ある。

まっち書

— 種 —

種はなぁ
芽を出す
その前に
根を張る
んだよなぁ。

はっち

種って僕の勝手な
イメージで
「一番最初に芽を出す」
と錯覚してました。
家の台所で始めた
家庭菜園で
種は根を一番初めに出
す事を思い出しました。
そして小学校でそれを
教わっていた事も
思い出しました。

植物も、物も、人間も
目には見えない
努力があって
結果に繋がり形に
成るんだと
小さな小豆《あずき》に気付かせ
てもらいました。

Seeds are, you know,
before they bud, they take root don't they?

何でも
じゅんばん。
はじめから
ヒーローに
なんて
なれないよ。
はっち

Everything works in order. You can't be a hero from the first.

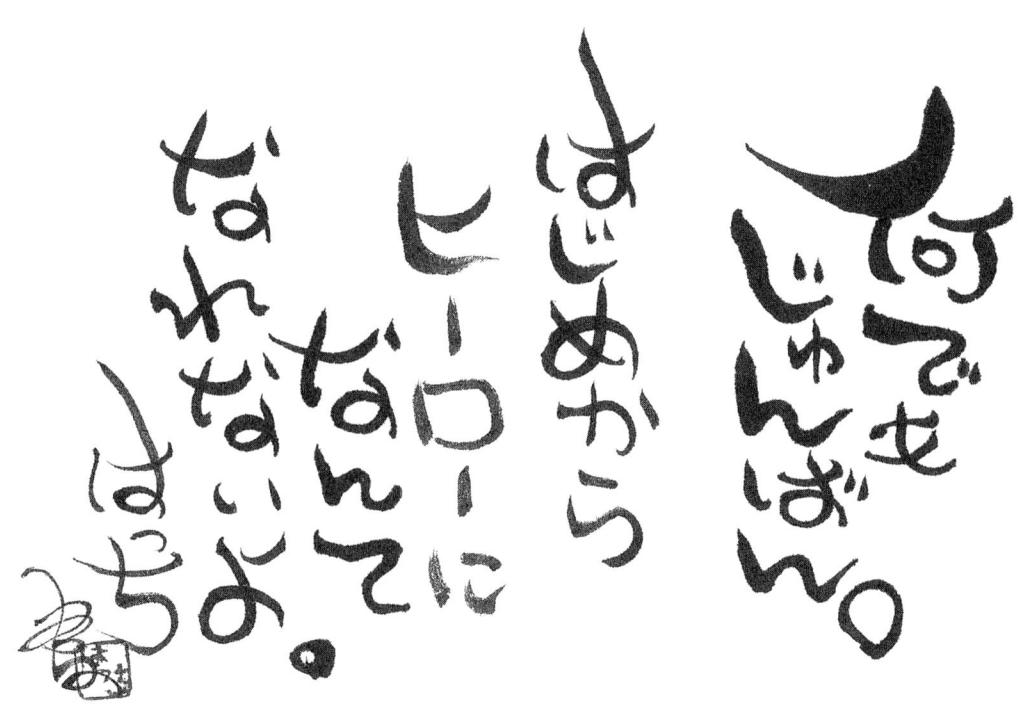

― 何だって出来る ―

人生は思ったように成るそうです。
結果はすぐには出ないのに
初っ端から挫折していては何も変わりません。
「何だって出来る」と自分に言い聞かせ、
躊躇《ためら》っているその一歩を
思いっ切り踏み出してみてください。
その一歩で必ず全てが変わる
筈ですから。

You can do anything if you try.
To make a move is more important than anything else.

やりゃあ
何だって
できる。

動き出す事が
何よりも
大切さっ。

はっち
書

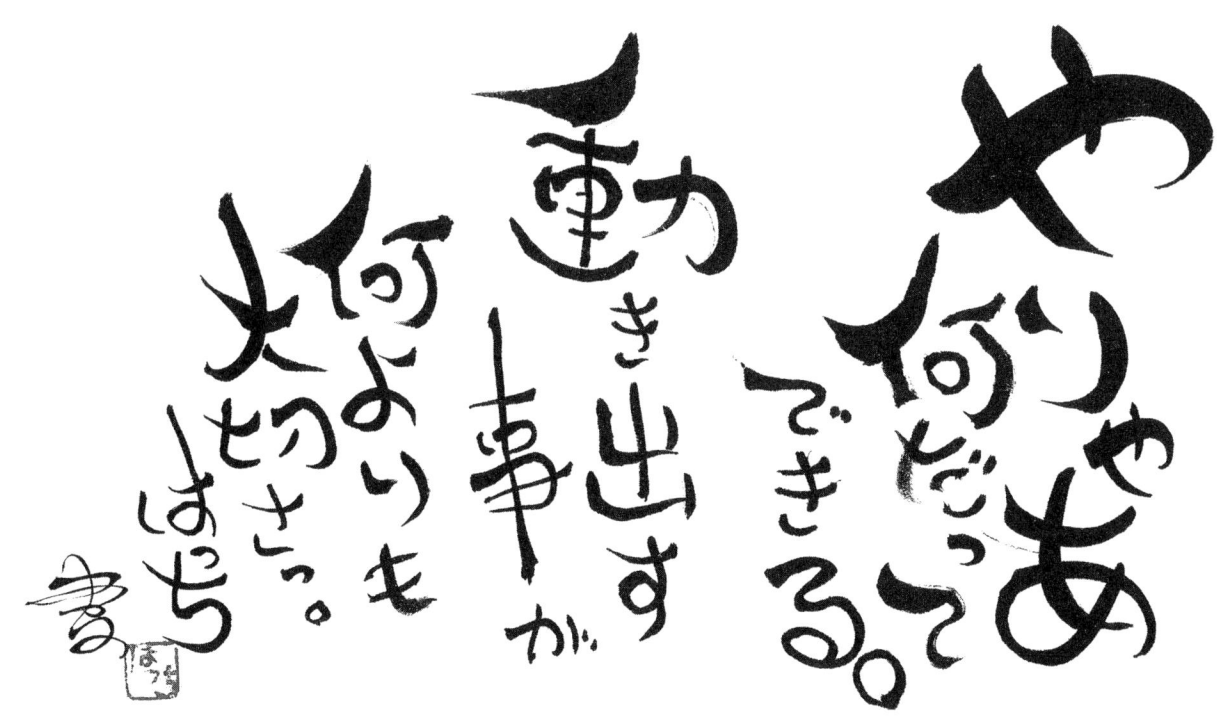

― 問う ―

自分一人で物事を決めるのは
大変で勇気が必要です。
決断をするまでに多くの
不安や心配が胸を過《よぎ》るけど
誰に問い何に聞いても
最後に決めるのはあなただから
他人《ひと》の言動に左右されずに
自分の出した答えなら
自信を持って勇気を出して
進んで欲しいです。

I'm asking to the wind,
I'm asking to the people, but the answer will be in my heart.

風に問う。
人に問う。
答えは
自分の
心《なか》にある。

はっち書

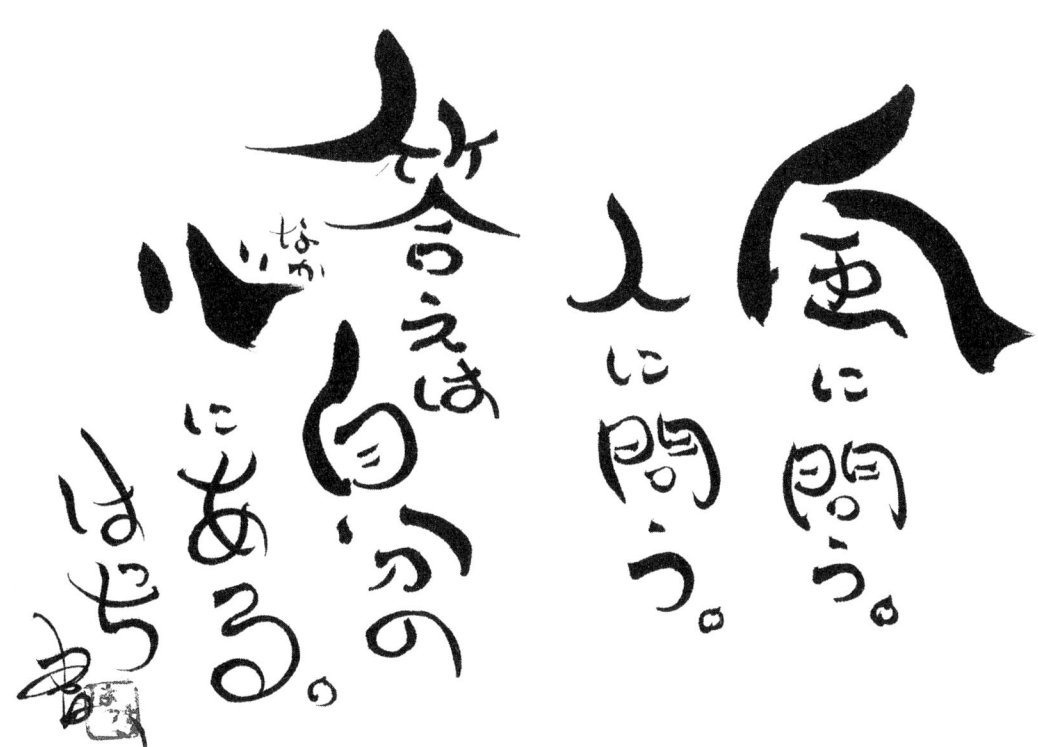

― 心動く時 ―

どんな年代の人でも
いつ死ぬかなんてわからない。
たとえ健康な人でも
事故に遭えば死ぬかもしれない。
『やりたい』とか
『やってみたい』と思った時に
どれだけ具体的に行動に移せるか。
明日動ける保証はないよ。

When your heart make a move,
how can you do?
There's no guarantee anywhere.
Absolutely no where.

心動く時。
そのトキどう
動けるか。
先の保証は
どこにも
無いよ。
はっち

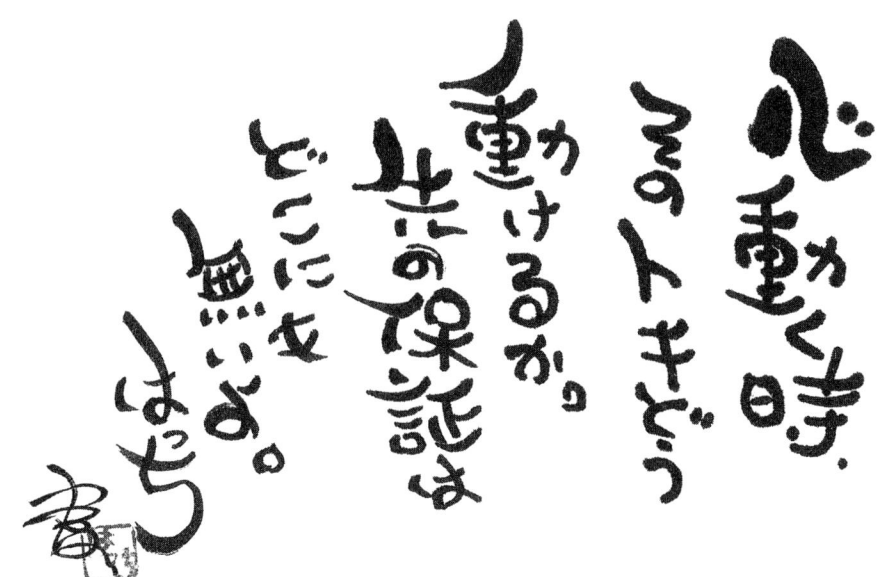

— 程度 —

人間その程度と
思えばその程度。
それ以上と思えば
それ以上にも。

はっち

「このくらい出来れば
十分だ」と思って
終わらせてしまえば
それ以上なんて
見込めない。
「もっと出来る筈だ」と
貪欲に挑戦していけば
きっと、今以上の結果に
繋がっていくんじゃない
かな。

If you think the human is a certain level they will be them.
If you think more than that they will be more than that.

それは
あなたが
頑張った証。
あなたが
頑張ってる証。
はっち

That is the proof you have been making an effort.
You have made an effort.

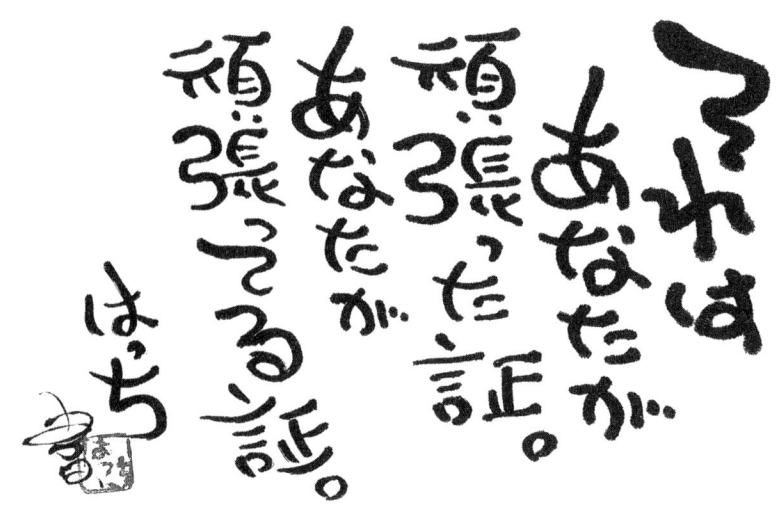

—今—

一度きりのこの人生。
死んで生き返った人なんて
一人も居ない。

人間、今日、病に倒れるかも知れない。
人間、明日、死ぬかも知れない。

二度と来ない今に悔いを残さぬ為に、
今を生きよう。
今を楽しもう。
今を僕ら笑い合おう。
良い日々を。
良い想い出を。
良い人生を。

……その命で。

If you can't enjoy this moment, when can you do?
If you can't live this moment, when can you do?

今楽しまないで
いつ楽しむ。
今生きないで
いつ生きる。

はっち

―もっと気軽でいいんじゃないか―

もっと気軽で
いいんじゃないか
もっと素直で
いいんじゃないか。

はっち

なんかこの世界って
息苦しくって堅苦しくて
いつも見えない何かに
怯えてて
みんな人目ばかり気に
してる。

もっと気軽に、
もっと自然体で、
もっと素直な君で
いいんじゃないかな。

Isn't it okay to be more easy going?
Isn't it okay to be more honest?

Proceed!　Because there is a way that is all.

― 心のコップ ―

僕自身、自分の中の
不安や心配を吐き出せずに
胸が苦しくなって
どうしようもなくなる事があります。
大切な人が同じように苦しんでいる時に
「一人で悩まなくていいんだよ。」
「俺が飲み干してあげるから。」って
気持ちを素直に出せた作品です。

If the frustration filled vessel in your heart about to spill.
I can drink it all dry.

君の心のコップから
不安とか
心配とか
そんなんいっぱいで
溢れそうに
なったら
俺が全部
飲みほして
あげる。
はっち

― 少し ―

すこし
上を向く。

その
『少し』が
大切。

はっち

『今の自分を変えたい。』
『変わりたい。』と
思ったら
自分のなにげない
言動を
少し変える事です。

少し変えるだけで
周囲からの見る目が
変わります。

少しの心掛けが
大切なんです。

小さな事からでいいん
です。

It's you that's good. It's you who I prefer.

— 今とこれから —

僕をここまで成長させる為に
どれだけの方々のお力をお借りした事か。

僕がこの世界に産まれるずっと前に
どれだけの先人達の
血と涙と汗が流された事か。

大きくなれば人は一人で生きて行ける。

でもね産まれてから今までだけでも
多くの支えがあったんだよね。

そして今も支えられてるんだよね。

無駄にしちゃ申し訳ないよ。

Why I am here,
because the variety of people were here before.
So I have to care about the future.

今僕がここに
いるのは、
いろんな人が
いたから。
だからこれからを
大切にして
行かないと。

はっち

―一寸先ハ闇―

『一寸先は闇』
と云う。

今を精一杯に
生きる事。
今が一番大切
なんだから。

はっち

一分後、地震で死ぬか
も知れない。
十分後、火事や事故で
死ぬかも知れない。
命なんて何時終わって
も不思議じゃない。

だからこそこの日、
この今を
全力で生きたい。

……だからこそ
精一杯に生きよう。
この一瞬、この瞬間を
大切にしよう。

何よりも〝掛け替えの
ないモノ〟だから。

I shall say "You can't see what is gonna happen in the future".
Do the best to live out this moment.
Now is the most important.

自分の痛みは
よくわかる。
他人の痛みは
よくわからん。
みんなわかれば
みんな優しく
なるのかなあ。
はっち

I know how much I feel my pain very well. I don't know how much you feel your pain very well.
If we know how much we feel our pain very well. I wonder we can be gentle.

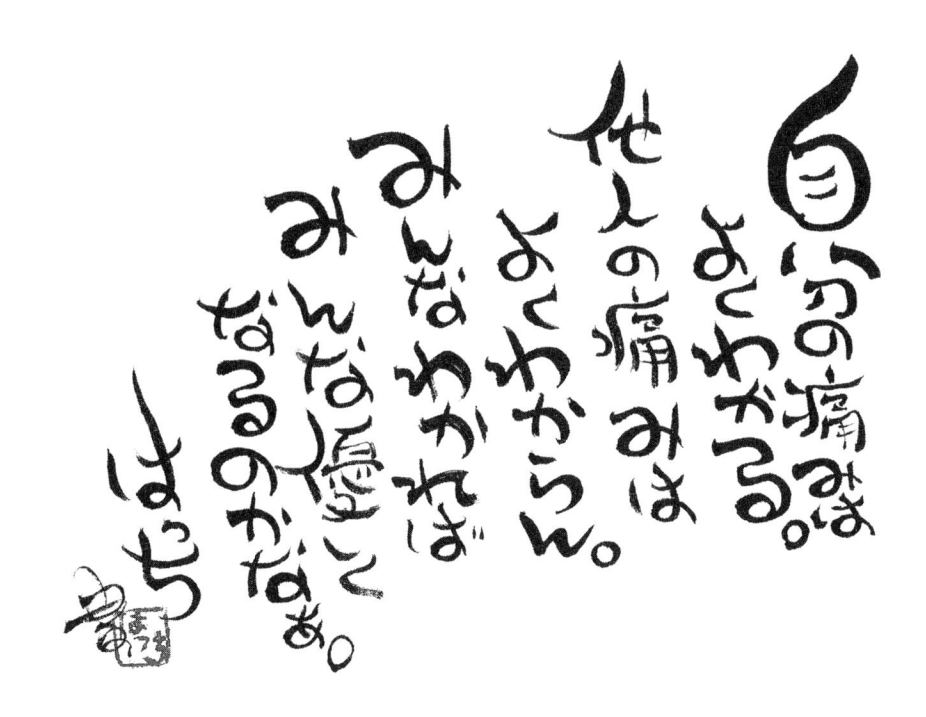

蒲公英《たんぽぽ》

風に乗って空舞う蒲公英。
空の旅して辿り着いたその場所で
一人ぼっちだったとしても
誇らしく咲く勇気の花。
力強く咲く蒲公英のように
この街で俺も強く咲きたい。
足下に咲く黄色い勇者のように。

Like the dandelion in that city I reached
I want set a flower sentimentaly and strongly.

辿り着いた
この街で咲く
蒲公英の
ように
切なくも強く
咲きてぇな。

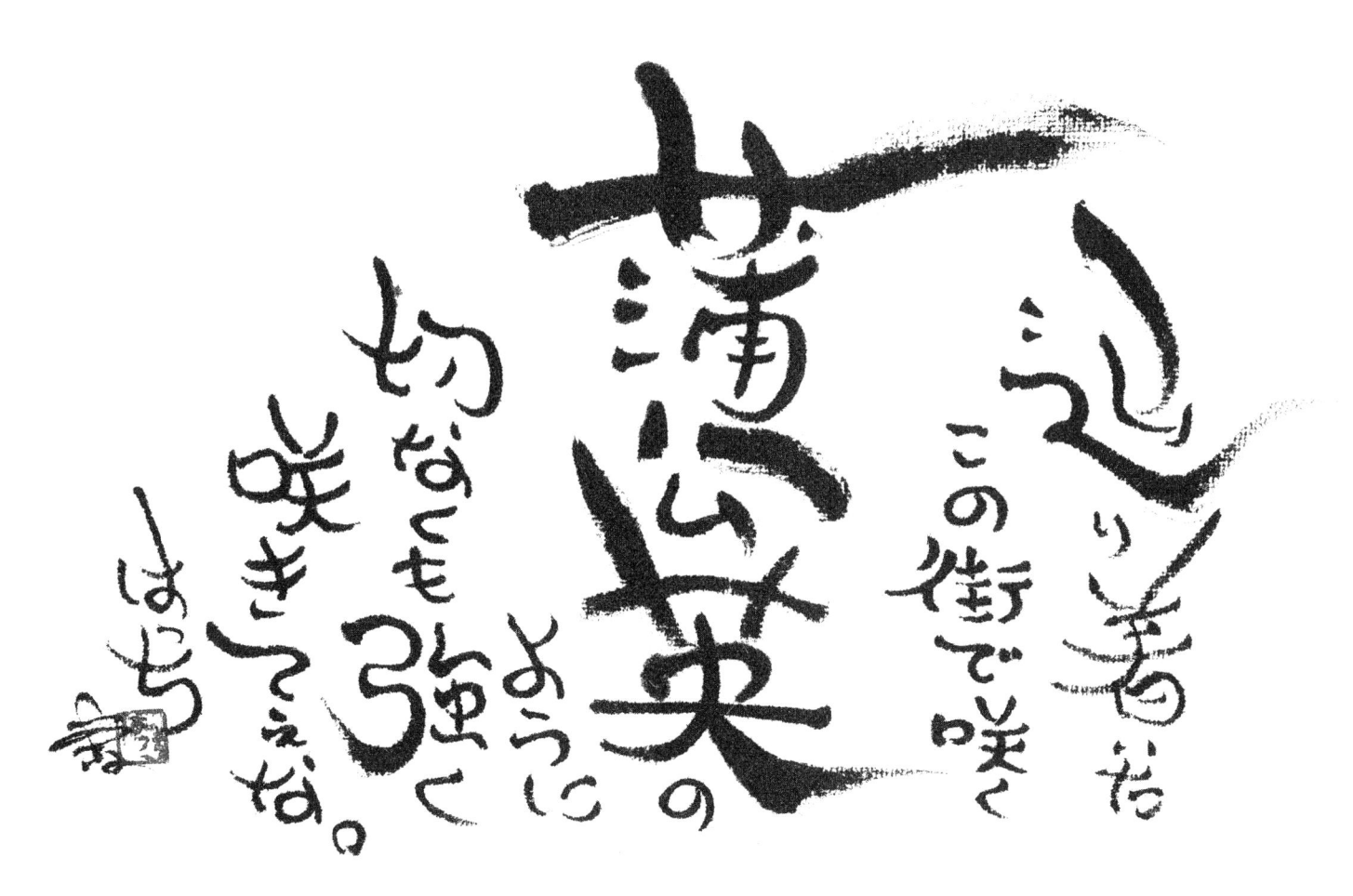

はっち

さいごに

福岡で路上を始めた時から今まで応援してくれた皆様、色々なアドバイスをしてくださったアーティストの皆様、個展やグループ展などのイベントでお世話になったオーナー様、スタッフの皆様、自費製作詩画集『墨入草《すみれ》』の製作にご協力して頂いたよしみ工産株式会社の皆様、担当の石川様、本当にありがとうございました。

そしてこのデビュー作品集『蒲公英《たんぽぽ》』出版のお手伝いをして頂いた株式会社日本文学館の皆様、担当の中島様、英語訳を付けて頂いたシルバーゲイシャ様、本当にありがとうございました。

多くの方々のお力添えのおかげで形にすることが出来ましたことを、心より感謝しております。

そして今、この本を最後まで読んでくれているあなた。本当にありがとうございます。少しでもあなたの心に届いた作品はありましたか？　押し付けがましい言葉や傲慢《ごうまん》な言葉に感じさせてしまった作品があったかもしれません。どれも臆病な自分や、本当に大切な人に贈った言葉だからだと御理解頂ければ幸いです。

最後まで読んで頂き本当にありがとうございました。心より感謝しております。

言葉家《ことばや》　はっち

言葉家《ことばや》はっち　プロフィール

１９８６年１月１日・福岡県筑紫郡那珂川町に生まれる。
２０００年秋頃　・友人の影響でギターと出会い歌詞を書き始める。
２００４年３月13日・（昼）百円ショップで書道用品を衝動買いし、
　　　　　同日・（夜）思い立ったが吉日とばかりに福岡市の路上で
　　　　　　　『詩人はっち』として活動を開始する。
　　　　３月・フリーマーケットに初出展する。
　　　　８月・グループ展に初出展する。
　　　　９月・初個展をギャラリー『asi-para』にて一か月に渡り行う。
２００５年３月13日・自費制作詩集『墨入草』を出版する。（絶版）
　　　　４月・二度目の個展をギャラリー『asi-para』にて行う。
　　　　５月・熊本、広島、岡山、東京、神奈川を巡る旅をする。
　　　　　　・神奈川に拠点を移し、関東各地の駅前や路上でのゲリラ展示、
　　　　　　フリーマーケット、グループ展、アートイベント等での展示を
　　　　　　約十四か月をかけ三〇〇回以上行う。
２００６年８月・福岡に拠点を戻す。
　　　　11月・九州各地を路上展示を行いながら巡る旅をする。
２００７年４月１日・本書、『蒲公英』を出版する。
　　　　６月・アクリル画のライブペインティングを行う。
　　　　９月・小学校の体育館で約３×５ｍの大書を子供たちの前で書き、
　　　　　　文字の成り立ちなどを語る。
　　　　10月・三回目の個展をナショナルリビングショウルーム福岡にて行う。
　　　　11月・愛知、関東の各地を巡る旅をする。
２００８年２月・南九州各地を巡る旅をする。
　　　　４月・関東各地を巡る旅をする。
　　　　　　・ＴＶ、新聞、雑誌などに時々取材をして頂く。

今後も新たな言葉、書、イラスト等の制作を進め
独自のスタイルを日々探求し続けて行く。

著者プロフィール

はっち（本名　初村昌和）

1992年　社会福祉法人純正福祉会青葉保育園卒園。
1998年　那珂川町立安徳北小学校卒業。
2001年　那珂川町立那珂川中学校卒業。
同年　私立第一経済大学附属第一高等学校
普通科芸能コース自主卒業。
2004年　はっちとして詩画制作を始める。
主に自分にとって身近な家族、恋人、友人、
そして、自分自身へのメッセージに
独自の書体を融合してひとつの作品を制作している。
ホームページ：http://pksp.jp/sizin3-hatti/

言《こと》葉《ば》家《や》はっち作品集
蒲公英—たんぽぽ—

2007年4月1日　第1刷発行
2007年8月1日　第2刷発行
2008年7月7日　第3刷発行

著　者　はっち
発行者　米本　守
発行所　株式会社　日本文学館
〒160-0008　東京都新宿区三栄町3
電話 03-4560-9700（販売）
order@nihonbungakukan.co.jp
印刷所　株式会社　東京全工房

乱丁・落丁本はお取り替えいたします。
ISBN978-4-7765-1320-9